Burkhard Mohr

# Wahnmache · Mahnwache



Für Martin!
Herzlich,
Burkhard Mohr

**Impressum**

Math. Lempertz GmbH
Hauptstr. 354, 53639 Königswinter
Tel.: 02223 / 90 00 36, Fax: 02223 / 90 00 38
info@edition-lempertz.de
www.edition-lempertz.de


Illustrationen: Burkhard Mohr

Printed and bound in Germany
ISBN: 978-3-96058-993-8

Burkhard Mohr

# WAHNMACHE

MAHNWACHE

General-Anzeiger
LEMPERTZ

## Vorwort

Liebe Leserinnen, liebe Leser,
was für ein Jahr für Karikaturisten! Den Zeichnern der Republik wird an vielen Tagen kaum noch etwas zur politischen Realität eingefallen sein, die manchmal so absurd daher kam, wie es sich wohl niemand ausmalen kann. Burkhard Mohr hat diese kreative Klippe bravourös gemeistert, denn mit Hintersinn und handwerklichem Können lassen sich auch Despoten wie Erdogan, irrlichternde Milliardäre wie Trump, der feixende Boris Johnson oder ein mörderischer Diktator in Nordkorea noch zu einer erhellenden Zeichnung verdichten.
Das Jahr war düster und mancher Scherz fällt fast ein wenig bitter aus. Recht so, wenn uns Betrachtern manchmal das Lachen im Halse stecken bleibt. Ein guter Zeichner ist immer auch ein Moralist. Burkhard Mohr ist keiner, der uns belehren will oder plakative Botschaften mitbringt. Er will uns zum Nachdenken anregen. Das vergangene Jahr bot mehr als genug Gelegenheit dazu. Mohrs Blick auf die Wirklichkeit reicht – wie immer – weit über den Tag hinaus. Seine Zeichnungen sind kein Rückblick, sondern ein Blick nach vorn und vor allem hinter die Dinge.
Viel Spaß beim Anschauen und nehmen Sie sich die Zeit für jedes Bild, denn Burkhard Mohrs Kunst verdient mehr als einen schnellen Blick. Sie wird beim Hinschauen von ganz allein immer interessanter.

*Dr. Helge Matthiesen*
Chefredakteur General-Anzeiger Bonn

Big Business

Stuttgarter Zeitung, General-Anzeiger, Westfälischer Anzeiger
Oktober 2015

Historischer Moment

General-Anzeiger
Oktober 2015

Entgegenkommen

Stuttgarter Zeitung, Neue Osnabrücker Zeitung
Oktober 2015

Einsamer Missionar

Neue Osnabrücker Zeitung, Badische Neueste Nachrichten
Oktober 2015

Trauerflor

Stuttgarter Zeitung, General-Anzeiger, Augsburger Allgemeine
November 2015

Stille Nacht

Stuttgarter Zeitung, General-Anzeiger, Westfälischer Anzeiger, Saarbrücker Zeitung
Dezember 2015

Heizperiode

Handelsblatt
Januar 2016

Farewell-Komitee

www.burkhard-mohr.de
Januar 2016

Konsumgemeinschaft

www.burkhard-mohr.de
Januar 2016

Druckanstieg

Stuttgarter Zeitung, General-Anzeiger, Augsburger Allgemeine, Straubinger Tagblatt, Mainpost
Februar 2016

Kölle Allah!

Behörden-Spiegel
Februar 2016

Rettungsschirm

Saarbrücker Zeitung, Straubinger Tagblatt, Esslinger Zeitung
Februar 2016

In der Pause

www.burkhard-mohr.de
Februar 2016

Wartungsarbeiten

Stuttgarter Zeitung, Braunschweiger Zeitung, Mainpost
Februar 2016

Der Spagat

General-Anzeiger, Hamburger Abendblatt
Februar 2016

Bürokratiehilfe

Süddeutsche Zeitung
März 2016

Härter als gedacht!

Stuttgarter Zeitung, General-Anzeiger
März 2016

Schockstarre in Belgien

Stuttgarter Zeitung, Mainpost
März 2016

Terrorschutz

Stuttgarter Zeitung, General-Anzeiger
März 2016

Jenseits der Balkanroute

Stuttgarter Zeitung
März 2016

Flurbereinigung in Panama

General-Anzeiger
April 2016

Geht's jetzt auf diesem Niveau weiter?

www.burkhard-mohr.de
April 2016

Es zieht!

General-Anzeiger
April 2016

Aufbruchstimmung

www.burkhard-mohr.de
April 2016

Herr Erdogan nimmt's wörtlich.

www.burkhard-mohr.de
Mai 2016

Mal abwälzen …

Stuttgarter Zeitung, General-Anzeiger
Mai 2016

Feinabstimmung

General-Anzeiger
Mai 2016

Kontrollflug

Stuttgarter Zeitung, General-Anzeiger, Westfälischer Anzeiger
Mal 2016

Auf zu neuen Ufern!

Handelsblatt
Mai 2016

Die heiße Phase

Stuttgarter Zeitung, Mainpost, Saarbrücker Zeitung, Straubinger Tagblatt
Juni 2016

Warten auf den Notschrei

Stuttgarter Zeitung, General-Anzeiger, Straubinger Tagblatt
Juni 2016

Autonomes Fahren

General-Anzeiger
Juni 2016

Fluchtversuch

Stuttgarter Zeitung, Saarbrücker Zeitung
Juni 2016

Theresa May übernimmt

General-Anzeiger, Mainpost, Saarbrücker Zeitung, Straubinger Tagblatt
Juli 2016

Spielend lernen

General-Anzeiger, Rheinpfalz, Mainpost
Juli 2016

Neue Spiele auf der Gamescom

www.burkhard-mohr.de
August 2016

Sorge im Kanzleramt

Stuttgarter Zeitung, Straubinger Tagblatt
August 2016

Auslegungssache

Stuttgarter Zeitung
August 2016

Unverbindliche Ansicht

General-Anzeiger, NOZ, Frankfurter Neue Presse, Saarbrücker Zeitung
September 2016

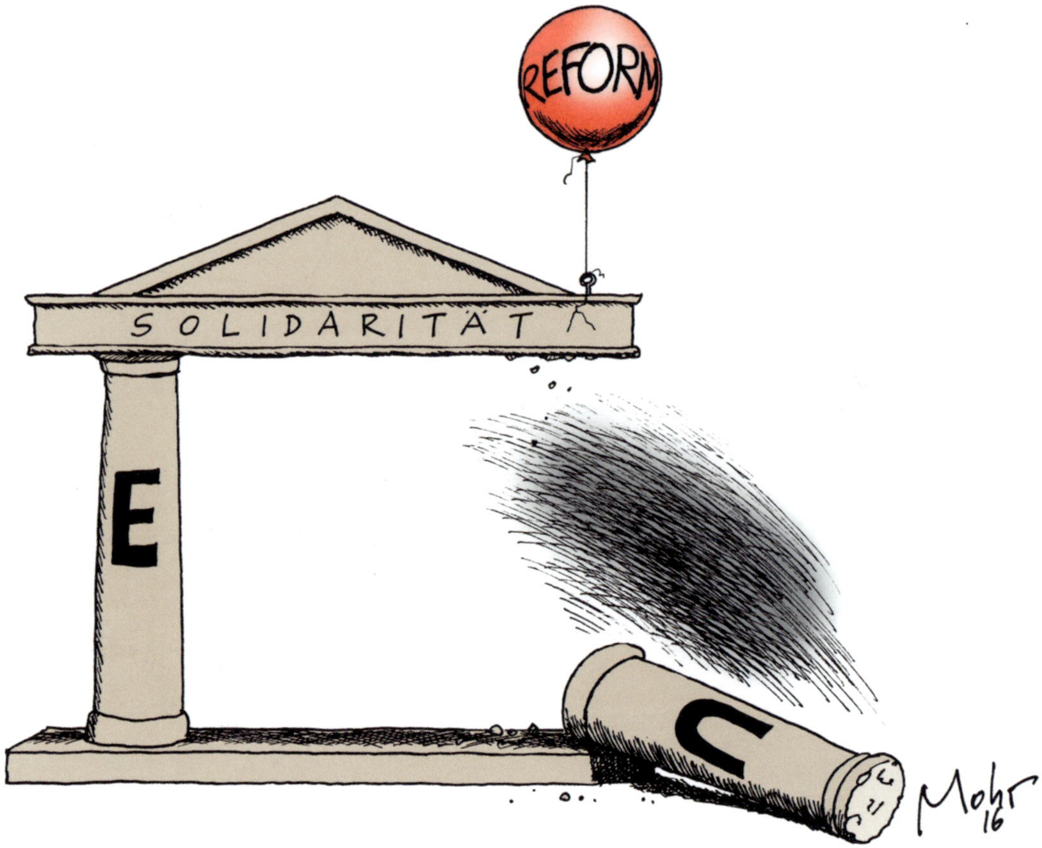


Statik to go

NOZ, Straubinger Tagblatt
September 2016

Erfolg?

General-Anzeiger, Rheinpfalz
September 2016

Suchen ein Sprachrohr

General-Anzeiger, Saarbrücker Zeitung
September 2016

General-Anzeiger, NOZ
September 2016

Fütterung

Süddeutsche Zeitung, General-Anzeiger
Oktober 2016

Teatime

Stuttgarter Zeitung, General-Anzeiger, Märkische Allgemeine
Oktober 2016

Bob Dylan auf dem Olymp

Süddeutsche Zeitung
Oktober 2016

Russischer Humor

General-Anzeiger, Augsburger Allgemeine, Saarbrücker Zeitung
Oktober 2016

Grobstoffliches

General-Anzeiger
Oktober 2016

Herr Gabriel macht Mittag

General-Anzeiger
Oktober 2016

Luther heute

Saarbrücker Zeitung
November 2016

Gartenarbeit im Herbst

General-Anzeiger, Mainpost, Badische Neueste Nachrichten
November 2016

Persönliche Zeilen

General-Anzeiger, Straubinger Tagblatt
November 2016

Spontan-Reisen

Handelsblatt
November 2016

Das Berlin-Casting

General-Anzeiger
November 2016

Hacking

General-Anzeiger
November 2016

Rückzug eines Glücklosen

Saarbrücker Zeitung, Straubinger Tagblatt
Dezember 2016

Ein Wort macht Schule

General-Anzeiger, Frankfurter Neue Presse
Dezember 2016

Stille Nacht

Stuttgarter Zeitung, General-Anzeiger, NOZ, Frankfurter Neue Presse, Rheinpfalz, Mainpost, Straubinger Tagblatt
Dezember 2016

Maas unter Druck

Handelsblatt
Dezember 2016

Kommen jetzt wieder die Beobachter?

Frankfurter Neue Presse, Mainpost, Esslinger Zeitung
Dezember 2016

Dem Terror auf der Spur

Stuttgarter Zeitung, Westfälischer Anzeiger
Dezember 2016

Testsprung mit Hindernis

www.burkhard-mohr.de
Januar 2017

Hoffnungsträger

NOZ, Mainpost, Saarbrücker Zeitung
Januar 2017

Der Mauermann

Mainpost
Januar 2017

Horrorclown

Straubinger Tagblatt
Januar 2017

Nachbarschaftspflege

Straubinger Tagblatt
Februar 2017

Heute am Nil

General-Anzeiger, Frankfurter Neue Presse
März 2017

Eiertanz

Stuttgarter Zeitung, General-Anzeiger, NOZ, Frankfurter Neue Presse,
Westfälischer Anzeiger, Rheinpfalz, Braunschweiger Zeitung
März 2017

Was kann Holland?

www.burkhard-mohr.de
März 2017

Stuttgarter Zeitung, General Anzeiger
März 2017

Es lebe der König!

Handelsblatt
März 2017

Morgenschreck

General-Anzeiger, NOZ, Augsburger Allgemeine, Straubinger Tagblatt
März 2017

Simultaneffekt

Handelsblatt, General-Anzeiger
März 2017

Notnagel

Stuttgarter Zeitung, General-Anzeiger, Saarbrücker Zeitung, Straubinger Tagblatt
März 2017

Abgekürztes Verfahren

Stuttgarter Zeitung
April 2017

Sheriff coming

Stuttgarter Zeitung, General-Anzeiger, NOZ, Saarbrücker Zeitung, Frankfurter Neue Presse, Mainpost
April 2017

Abschied

Stuttgarter Zeitung
April 2017

Die gequetschte Version

Süddeutsche Zeitung, General-Anzeiger, Esslinger Zeitung
April 2017

Entwirrungspolitiker

Handelsblatt
April 2017

No Fake!

Saarbrücker Zeitung, Straubinger Tagblatt
April 2017

Das Sochi-Konzert

General-Anzeiger
Mai 2017

Feierabend

General-Anzeiger, Saarbrücker Zeitung
Mai 2017

Einer wartet immer

Handelsblatt
Mai 2017

Jetzt aber!

General-Anzeiger, Augsburger Allgemeine, Mainpost, Straubinger Tagblatt
Mai 2017

Auf Intensiv

www.burkhard-mohr.de
Juni 2017

Wüste Beschimpfungen

Handelsblatt
Juni 2017

Miss May im Juni

General-Anzeiger, Saarbrücker Zeitung, Straubinger Tagblatt
Juni 2017

Genießbar?

NOZ, Mainpost
Juni 2017

Druckverhältnisse

Hamburger Abendblatt, NOZ
Juni 2017

Badespaß

Handelsblatt
Juni 2017

Licht und Schatten

Stuttgarter Zeitung
Juni 2017

Robin Schulz

General-Anzeiger, Straubinger Tagblatt
Juni 2017

Monsieur Macrons Kabinett

NOZ, Mainpost
Juni 2017

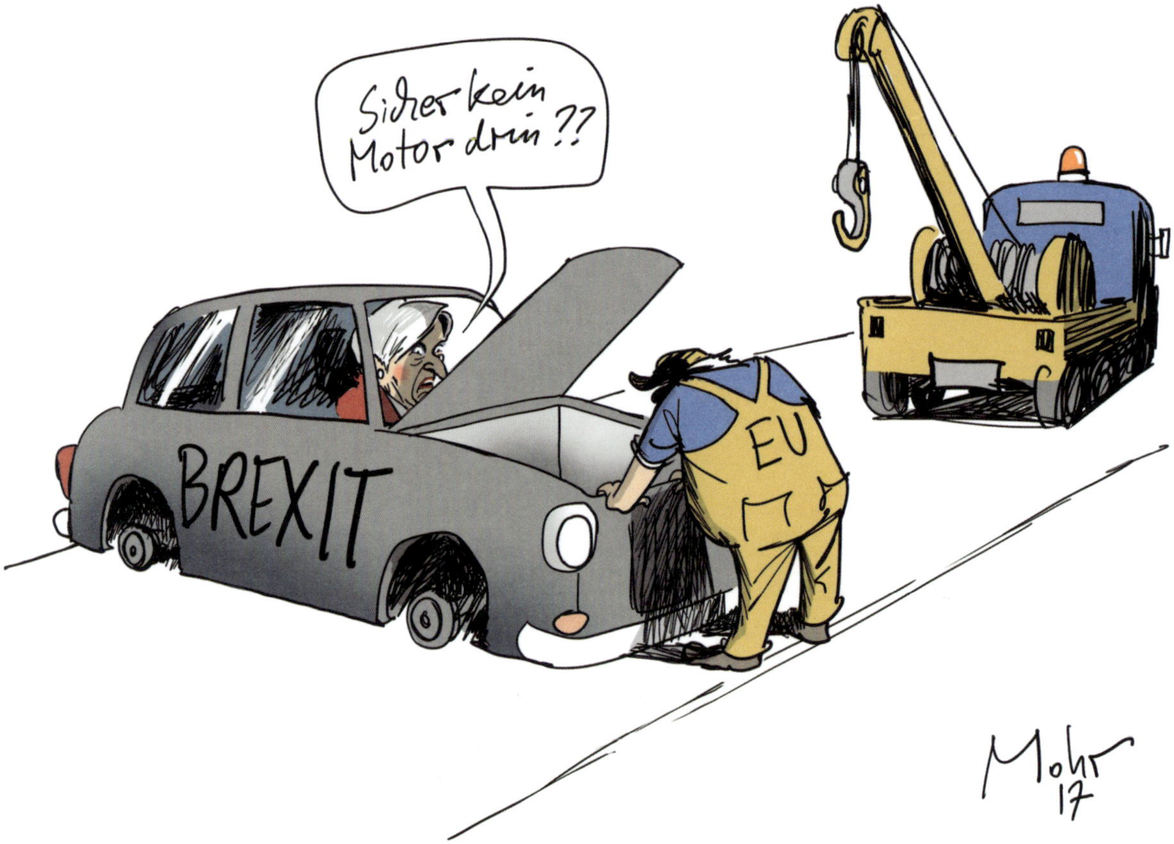


Warten auf Hilfe

Handelsblatt
Juni 2017

Geschenkidee

Handelsblatt
Juni 2017

Fernsicht

Stuttgarter Zeitung, General-Anzeiger, Rheinpfalz, Straubinger Tagblatt
Juni 2017

Beste Lage?

www.burkhard-mohr.de

Ist Polen noch zu retten?

Stuttgarter Zeitung, General-Anzeiger, Saarbrücker Zeitung, Straubinger Tagblatt
Juli 2017

Die Plattmacher

Süddeutsche Zeitung
Juli 2017

Abschiebung von Gefährdern rechtens

General-Anzeiger, Straubinger Tagblatt
Juli 2017

Landwirtschaftliche Grüße

General-Anzeiger
August 2017

Probe Endspurt

Süddeutsche Zeitung, Mainpost, Straubinger Tagblatt
August 2017

Urlaub in Italien

General-Anzeiger
August 2017

System-Check

General-Anzeiger
August 2017

Der mit dem Wolf tanzt

General-Anzeiger, Saarbrücker Zeitung
August 2017

Unerwünschte Einmischung

Stuttgarter Zeitung, General-Anzeiger
August 2017

*Jetzt auch als Spiel*

Stuttgarter Zeitung
General-Anzeiger, 2017

Biometrie: Beherrschbare Technik?

Stuttgarter Zeitung, Frankfurter Neue Presse, Straubinger Tagblatt
August 2017

*Was würde Rudolf sagen?*

Stuttgarter Zeitung, General-Anzeiger, Frankfurter Neue Presse
August 2017

Feuchtgebiet 2017

Stuttgarter Zeitung, General-Anzeiger
September 2017

Bewegungsmangel

Süddeutsche Zeitung
September 2017

First things first!

General-Anzeiger
September 2017

Gleichstrom? Wechselstrom?

Stuttgarter Zeitung, General-Anzeiger
September 2017

Bundes-Ensemble

General-Anzeiger
September 2017

Schönes Jamaika

Stuttgarter Zeitung, Rheinpfalz
September 2017

Aufbruch in die Moderne

General-Anzeiger
September 2017

Entlastung à la française

Handelsblatt
Oktober 2017

*Prost!*

General-Anzeiger
Oktober 2017

Haushaltung (Eisen geschmiedet, 75 cm)
Deutscher Bundestag, Berlin

Neben der Arbeit am Zeichentisch zieht es Burkhard Mohr auch immer wieder in seine Schmiede.
Dort entstehen dreidimensionale Kunstwerke in Eisen.

## Burkhard Mohr

Jahrgang 1959, lebt und arbeitet in Königswinter bei Bonn.
Als Karikaturist zeichnet Mohr für viele namhafte deutsche Zeitungen, u.a. die Süddeutsche Zeitung, das Handelsblatt, die Stuttgarter Zeitung, den General-Anzeiger, die Neue Osnabrücker Zeitung, das Hamburger Abendblatt u.v.m.

Mohr erhielt für seine Arbeiten viele namhafte Auszeichnungen, darunter den Europäischen Karikaturenpreis, den Karikaturenpreis der deutschen Zeitungen (BDVZ) und den Thomas-Nast-Preis.

# Weitere Karikaturen von Burkhard Mohr:

„Die Zeichnungen sind bis ins sarkastische Detail liebevoll inszeniert, manchmal sogar prophetisch: In das Kostüm der schwäbischen Hausfrau hat Mohr die Kanzlerin schon gesteckt, bevor sie auf den Gedanken kam. Dabei bedient er sich einer Vielzahl von Wortspielen und Analogien. Besonders gern hat er die Situationskomik. Seine Karikaturen sind seriös, kein bisschen clownesk.“

*Frankfurter Allgemeine Zeitung*

Burkhard Mohr,
Highlights im Dunkeln – Karikaturen,
Softcover, Format: 19,5 x 22 cm, 128 Seiten,
ISBN 978-3-945152-19-5